杜成峰

著

我把马鞍归还草原

图书在版编目（CIP）数据

我把马鞍归还草原 / 杜成峰著. -- 西安 ：太白文
艺出版社，2025. 7. -- ISBN 978-7-5513-3049-7

Ⅰ. I227

中国国家版本馆CIP数据核字第2025FG6781号

我把马鞍归还草原

WO BA MA'AN GUIHUAN CAOYUAN

作　　者	杜成峰
责任编辑	姜　楠
整体设计	建明文化
出版发行	太白文艺出版社
经　　销	新华书店
印　　刷	三河市华东印刷有限公司
开　　本	880mm×1230mm　1/32
字　　数	75千字
印　　张	7.25
版　　次	2025年7月第1版
印　　次	2025年7月第1次印刷
书　　号	ISBN 978-7-5513-3049-7
定　　价	50.00元

目

CONTENTS

录

1

辑二 海潮坝的风

3

辑五　春雪，是撒向人间的白银

辑 一

———— 在祁连山 ————

夏牧场的夜晚

夏牧场的夜晚

多么安静，像沉淀过的湖水

清亮见底

雪水河没有杂质

像柔软的丝绸，从夜里

向北

滑过巨石

牧场也是，除了

牛羊的粪便

也没有杂质

在洋山河

我伏在马背上，看一只

满脚沾满花粉和露水的

蜜蜂，它做出

整片花海

绽放的样子

这是多么

欢喜的事情

山野花要在晌午开放

雨水跑过屋顶

传来噼啪声

这时

适合将写满悲悯的诗稿过秤

清除杂质

适合牲畜夜晚的交尾

适合描述

心安理得的睡眠

也适合醒来

面对满山

花儿正开

原载《诗刊》2019 年 11 月号下半月刊《双子星座》
栏目

在祁连山

在祁连山，我是一个
放羊的人
我睡在牛毛捻制的帐篷里
用牛粪火
燃烧夜晚，听大雨落下
用青稞酒写诗
把羊系在腰间，把牧羊女的
单纯、干净
牢牢地系在心里

我总睡不安稳，我怕牧人
因禁牧离开草原
去灯红酒绿的城市
带走我诗歌的一部分
使我找不到
确切比喻
生活的措辞

在祁连山，女儿逐渐长大
我逐渐变老，把父亲的马
换成汽车，才几年

把母亲的牛粪炉子

换成电磁炉

才几年

我还有几年，能在

祁连山放羊

还有几年，能把想要说的话

写在信里

寄给你们

原载《诗刊》2021 年 3 月下半月刊

我把马鞍归还草原

乌兰滩

我的确去过乌兰滩，在冬季

当火狐在雪域闪耀

野驴群在我的单反长焦里

扬起一道白色的尘烟

昂着头

一路狂奔

在乌兰滩

我的确看到了

陶来河宽广的水面

看到野马泉正在

换上

冬天的棉衣

此刻，昌马峡安静

唯有

讨赖河喧嚣西去

唯有党河，唯有叫

莫高的石窟

才配得上我的赞美

我的确去过乌兰滩

在白水河

等妻子长大

她在乌兰的大风里

等放马归来的父亲

此刻，羊粪火通红

你脸颊通红

等我与落日，赶着

通红的马匹

从火石峡赶来

才配得上娶你

我的确去过乌兰滩

有三座雪峰

没记住名字

熟知的雪山

河流与森林

是我今生，亏欠过的母亲

此刻，我站在乌兰滩

人间的事物

都矮过了泥土、沙砾与朽木

我矮过了

乌兰滩的风

矮过了，不知名的

三座雪峰

该怎样行走在乌兰滩，怎样去

抬头仰望

连绵不断的雪峰

那是苍穹的乳房

融化的雪水

是流淌给大地的

陶来河

我怎样才配得上

沐浴你

圣洁的光芒

原载《飞天》2021年第11期

鄂博上空的雨

针茅草很细，草尖
举着它的天空
其实，牧草的深处
藏着一个微妙的世界
牛羊懂得
轻轻地走路

鄂博上空的雨，被召唤而来
默不出声的是
所谓的神灵
出声喊我的，永远
是母亲

你看
我站在雨里，我就是
雨水
我跑回家里，我就是
被母亲
带回人世的人

原载《诗刊》2019年11月号下半月刊《双子星座》
栏目

我把马鞍归还草原

暮色

暮色中的山峦，棱角起伏
是因为
披了落日的余光

暮色时分，牧场的一切
都在与天空、与大地、与即将闪烁的星星
与日夜奔腾的河流
比肩而立

我站在，暮色四合的田野上
听收拢牛羊的人
甩着牧鞭
吹响清脆的口哨声

傍晚呜咽的河，最先
送来一丝
祁连北麓的秋凉

那个弥漫炊烟的女人
她在傍晚的牧场
正在用牛粪火

标记着她的领地、畜圈和男人
还有牧场之间玩耍了
一整天的孩子

这宁静的暮色，有青草味的晚风
徐徐吹来
我试着将自己
融入夜里的河流、温润的草地
奶香味的炊烟
我偶尔会满身酒气，唱着
尘世最后的挽歌
融入我黑夜的女人

我在想，有时
我带着祁连山给我的
衣钵
给她们欢笑

有时
我带着黑河水给我的

眼泪

给她们哀愁

我是我自己的拯救者

来自深渊

原载《诗刊》2019年11月号下半月刊《双子星座》
栏目

辑一 在祁连山

夜雨

夜雨，落下

带着闪电

有千亿万亿滴雨水

落进了呜咽的河流

夏天时

该开的花都已开遍，现在

身体饱满，骨骼会不会发芽

雨滴落下，在深夜

不停地敲打在帐篷上

送来

三万米高空

坠落的巨响

我相信

每一滴雨水都闪着光

带着声响

落在牧野寂静的山谷里

落在我风雨交加中

妻子生火做饭的

牛毛帐篷上

原载《诗刊》2019年11月号下半月刊《双子星座》
栏目

辑一 在祁连山

晨起与暮晚，我爱这深沉的大地

一

很深的秋天，北祁连结霜的清晨

阳光那么清瘦

零星的一缕

通过

云杉的枝条

点燃了冷峻的雪山

还有炊烟、河水以及晨起

挤奶的牧女

青稞渐黄，一万亩燕麦在吸水

挥镰的人与我

与一只

长沟寺瓦当上的杜鹃

像失声的秋水

默不出声

低矮的灌木林，根系纠缠

种子跌落，这些

植物通过

觉察，再生

给来年

回春的大地

多么寂远的秋天，攀附在

飘过巴尔斯雪山的云层里

她带着库库淖尔

蓝色的涟漪

在我牧场的黎明

结成了天地之间的霜花

伴着炊烟起飞的大雁，从雪山

攀缘而去

晨起与暮晚，我爱这深沉的大地

通过割舍以及泯灭

我愿意在这里静守一些

落寞的灵魂

还有旅途中，人们的歌唱

以及哭泣

二

在秋野里，看见长鬃垂向

暮色的马群。它们

鼻翼宽展，自由呼吸

一些羊

安静地吃草

请不要打扰，不要亵渎生灵的修持

它们正在发出

我女儿写字时的沙沙声

坐在秋暮的妙曼里，看戴胜鸟

低回的灌木林

还有斑头雁落脚的黑河

这时从河岸沙棘林里

传来狍子的鸣叫

是那样鲜活

而又难忘

再晚些

逆风起飞的群鸦，潦草无章地

尖叫、纠缠

寒风袭来，强烈而又刺骨

吹着牧归的银色小路

我把马鞍归还草原

吹着

密密麻麻的羊蹄

晨起与暮晚，我爱这深沉的大地

深藏饕餮之纹的商鼎

岩石上狂奔的驯鹿

萨满把箭镞射入石头

北方满山的岩画里，至今

有一滴祖先的血迹

写成了游牧人

最初的诗歌

写作是美好的，可以喜极而泣

可以没有修辞

写下文字

还可以对父母、妻女说

我爱你

原载《诗刊》2019年11月号下半月刊《双子星座》
栏目

辑一 在祁连山

又去景窑寺

还是那一排石窟，上下两层
鸽子在我们到达时
贴着砂砾岩
敏捷地飞走

三两只肥硕的石鸡，站在崖顶上
咯咯直叫
蜥蜴躲进岩缝，河道的榆树上
戴胜鸟成群地飞起
又落下
它们拥有日暮与黎明
整天的快乐

这些人间的精灵，与石窟里
被我们塑造的佛像无关
与我们诵读的经典无关

在最初人类到来之前
这里原本就是它们的

今天也是

明天也是

原载《诗刊》2021 年 3 月下半月刊

辑一 在祁连山

祁连山，是我白发的母亲

一

祁连山，是我白发的母亲

那些被幽静的峡谷

捧起的雪峰

像绰约多姿的少女

优雅而又端庄

在祁连山腹地，牦牛群

淹没在灌木林里

背脊上的毛，被阳光照着

发出

青釉色的光芒

在牧场的傍晚

牧人甩着羊鞭

像穿针引线般，把即将披着星光的羊群

赶进白桦木

编制的栅栏里

在细碎的深夜里，被羊群

反刍的是那些

青草的纤维里流淌着的

河流与雨滴

像高原的阳光抚摸过的雪峰

——舒展，像雪水河的漩涡里

沸腾着的白色泡沫

那亦是，雪山或雪

融化之初的样子

二

当我

从更多的峡谷里走出

像刚出生的孩子，回望

母亲般的祁连山

那些黑色的褶皱里，藏满了

青苔上的蘑菇，还有那

蛛网上的一滴露珠

映现出

穿过松枝的阳光和野兽

更远处的那些雪峰，像我白发的母亲

那些即将合龙的峡口

多像母亲年轻时

性感而又诱人的锁骨

那里面锁着松林

柏树与鸟巢

锁着爱情、家园与刚出生的孩子

还有烟熏火燎的岁月里

度过的黑夜与黎明

三

从那些峡谷

分娩而来的河流

多像母亲

白色的乳汁，这甘甜的琼液

被河西走廊的黑土、戈壁以及沙漠

吮吸过

被居延海边歇脚的大雁吮吸过

被拓疆开土的勇士

吮吸过，被生死攸关的村庄

吮吸过

四

七月二日夜，我从一个叫

芭蕉湾的村庄

跟着黑河出来，在鹰落峡口的更远处

远远看见河西走廊的田垄上

夜里浇水的农夫

他们最初

像一群举着灯盏的萤火虫

他们牵着黑河，各自走在

自家的田垄上

此时的河西走廊，多像

天上的银河，举着灯盏浇水的农夫

多像银河边上

闪耀的群星

多像啊！你看

总有那么几盏，举着的油灯

突然被风吹灭

像极了，银河边上

突然坠入人间的流星

原载《诗刊》2023 年第 19 期

我把马鞍归还草原

回到旧址

清晨，我们经过草地

该谢的花草

已经谢完

羊群披着秋露时

我们回到旧址，看到

最后一批蒲公英

正从草地起飞

我刚戒了酒，就有朋友

自远方赶来

这时，隔着河岸的野茴香熟了

河流低过草尖

采摘野茴香的女人，低头弯腰

低过我们的目光

到达的时间

把野茴香焙干、煮茶

这是野茴香的幸福

我们又端起酒杯，以远方为题

开始行走，或迷茫

这使一些尖锐的事物
变得柔软

从一些落英缤纷的小路
我们又回到旧址，回到
剪断脐带的牧场
向大雪覆盖的山峦
向更远的荒漠与落日
大声地呼喊
像是在喊着
人生路上的，一次次
雪崩

原载《飞天》2021 年第 11 期

立冬

今天是立冬，刚送走

这尘缘未了的秋天

突然

我离雪山就这么近

亦成为

冬夜的一处悬崖

夜鸮飞来

它用阴冷的叫声，让陡峭的山坡

在黑夜

不断攀升，这使我

再也听不到

月光落入

大河的声音

明天起，河流就会逐渐清瘦

明天起，雪线就会

一天天下降

我从今夜开始

写下落荒而逃的诗歌

赶着立冬的牲口

抵达

冬天的大雪

原载《飞天》2021 年第 11 期

我
把
马
鞍
归
还
草
原

风从河谷吹来

夏天时，花开如此
短暂
该留点无须假装的马先蒿
点缀时间

小溪边的龙胆花
可以算作
其中一种

羊群翻过山坡
像吹散的云朵
风从河谷低处，不断袭来
不断地汇集，吹动
我的帐篷摇晃
像是大地在摇晃
牧羊犬的叫声
也随着风，上下
摇晃

我摇晃着没入河流，留下
肉身给我披着星光
归来的羊群

此刻

我想让河谷里的风

吹着我的灵魂，像系在

河流上的浪花

去远方的大海游荡

原载《飞天》2021 年第 11 期

我
把
马
鞍
归
还
草
原

写在大河的雪里

十月将尽，在大河等来
第一场降雪
我沿着回家的路
来回走
这久违了的精灵，多么谦逊
像细碎的白银
落满了
熙熙攘攘的人间

多少年了，在大河
一个人走在雪中写诗
一个人
白了今天的头发

十月将尽，远山
闪耀着白光
白杨树的叶子
落近尾声，枝丫显露
落在上面的雪花
是崭新的

河道里灌木的色彩，正在

失掉水分

像脱去件件夏衣的少女

云杉的针叶深处

落满灰色的麻雀，它们

宽恕了

落进小巢的细雪

像时间宽恕了

寂静的马路，宽恕了

第一场雪来之前

死去的亲人

曾贴着大地歌唱夏天的野花

青草以及蛙

以及这身旁

无声的河流上空

飘洒的雪花

都将宽恕尘世的我

多年以后，我将死于春天

人们给我的

悲悯里

一定会

长满疼痛

原载《飞天》2021 年第 11 期

辑一 在祁连山

梦中的牧场

在白石头牧场
四月底的风，又一次
遮天蔽日地从巴丹吉林深处
吹来沙尘

我的白鄂博牧场在夜里
我的摆浪河在夜里
我的牲畜和女人般的青草
在夜里哭泣

我的枣红马在夜里
垂下长鬃，睫毛扑闪
像旷野里
隐入大地的闪电

四月
从一株潦草的火绒草开始
仰望更多的是羽毛凌乱的天空
从灰头土脸的惊蛰、清明、谷雨里
开始唤醒
甲虫

坟场
青草

父母，又一次从我夜梦中回来
他们仍住在
水草丰美的故乡
穿着鲜艳的衣裳

野茴香都熟了
母亲摘来熬茶
龙胆草都红了
父亲摘来泡酒

在梦里，我还那么小
还骑在帐篷外的马鞍上
挥着长鞭
赶着天上的白云

这从未改变过的营地，父母
仍住在那里
我把这逃回远古般的梦

又能讲给谁听

窗外杨树的白絮

在昨夜突然漫天飞舞

我一时恍惚，错把它们

当成了

窗外的大雪

正在纷纷扬扬地

落满

我的祁连山

原载《北方作家》2024 年第 5 期

鄂博草原

这是祁连山最美的一处
草地
不是因为，我
住在这里

鄂博草原的每一个光影
都需要留意。时间会
猝不及防地带你
遇见变换的景致

当河流舒缓，鹅卵石
温润如玉，当松林起伏
风就会吹动牛羊
漫过远山

是光投射的营地上
奶香味的炊烟
正在
缓缓升起

在鄂博草原

不需要写草、写花、写灌木林

不需要写繁星、写银河、写雨后的彩虹

鄂博草原有的

不仅仅是这些

当疲惫不堪时，你就来一趟

鄂博草原，躺在

蓬松的草地上

松开无法入眠的神经

融入大地

像遍体鳞伤的孩子

回到母亲的怀抱

酣睡不起

人到中年

这不上不下的年纪

该放下

无能为力的生活

放过精疲力尽的自己

面对

亏欠过的山河

辑 二

海潮坝的风

蓑羽鹤带着归来的春天

当暮色沉降，我举着灯盏
在唐卡里走动
这扑朔迷离的，比如
酥油花上的金刚
比如木门上斑驳的漆皮
比如我，伸手不见五指的
黑暗里
檀香木发出的幽香

万物归于尘土
有时就空无一物，须弥山的黄金
与空旷的人世无关
这"世间事除了生死，哪一桩不是闲事"

玛吉阿米，你知道
我加持过的十亿片雪花
是从东山落下的
盖着月亮为戳的信笺

此时，青稞上
挂满了大雪

吉曲河封冻，石头坚硬

你一直骨头酥软

像我焐热在怀里的

一把银质的火镰

我披着大雪归隐，从一条

人烟滚滚的街头开始

像喜马拉雅之巅

蓑羽鹤

悲壮的攀缘

玛吉阿米

如果我无法爱完你的今生

我一定是

去了理塘等你

等蓑羽鹤，带着

归来的春天

等你，与暴马丁香

结着菩提的田野

原载《诗刊》2021 年 3 月下半月刊

海潮坝的风

是祁连山
墨绿色的松林
制造了海潮坝
九月的风

我坐在坝上，我是我自己
九月的倒影
是我
一路跌跌撞撞的旋涡
暂时逃离了正在
内卷的尘世

海潮坝的风，是不常起
要是起风了，一定是
我又坐在了坝上
没心没肺地吹着口哨
像一个目不识丁的孩子
拥有完整的快乐

有时因海潮坝的风，会流泪
有时因看久了
海潮坝的晚霞

有时因裤兜里不够

吃一顿早餐的碎银

有时因这人间疾苦中

越挫越强的妻子和

慢慢长大的女儿

在九月

坐在坝上

吹海潮坝的风

吹我将要离开的身影

吹我

萧萧班马鸣

两鬓白发生

我把马鞍归还草原

枣骝马

我的枣骝马，它独自
在昨夜或黎明时分
跑下山来
越过了那片禁牧区

它昂着白玉顶，耳朵上
蹲着冷峻的两座雪峰

它打着响鼻
从越来越小的牧栏边
向我
兀自垂下了长鬃

我的枣骝马，它独自沿着
我的梦境
沿着月亮河畔，沿着
昔日的草地
奔跑
直到，跑回一块墓地
静静地站立
那里埋着我的父亲

这算不算

骏马失去主人

哀伤的表现

我因这美好的梦境

时常在梦中微笑，我一一抚摸过

肉身里的 206 块骨头

有父亲给我的颅骨 29 块

躯干骨 51 块、四肢骨 126 块

剩下的是母亲

子宫里汹涌的热血

是他们用牧草、牲畜

河流与山峦

喂饱了我的肉身

我将失去的，我的枣骝马

它独自，就那样奔跑

骨骼展开又收紧

这最后的奔跑

支撑起我头顶

空荡荡的苍穹

直到

跑成祁连山顶上闪烁的

一颗牧人之星

我的枣骝马

才得以安生

我把骨头举起，一一排列

脚趾骨踩上马镫的姿势

会突出一点

我保持躯干前倾

像骑在马背上，保持

奔跑的样子

我的枣骝马，在昨夜或黎明时分

跑下山来，向我

垂下长鬃

兀自嘶鸣

原载《诗刊》2021 年 3 月下半月刊

风中的麦场

在阿拉善，大风穿过
梭梭林、沙蒿坡
穿过骨骼、泪眼以及发丝
我看见
十二峰骆驼低着头
正在舔着土地干裂的伤口上
那层
泛白的盐碱

在孟根布鲁格
有两亩麦田，或许更多
正在大风里扬场
三股权与木锨轮番搅动着
阿拉善的大风
让那麦糠纷飞
天地灰白

有粮食
从天空落下，肯定有
少许被风吹远啊
远远地，落在静默的土里

飞走的麦粒

身子很轻

无关乎，它能否春生

这一刻，生命很轻

轻如尘埃里

毛茸茸的飞絮

原载《扬子江诗刊》2019 年第 4 期

辑二　海潮坝的风

无题

大河乡以北，牧草渐黄

我勒马朝向

走廊里载着飞天的敦煌动车

呼啸着

从巴丹吉林

边缘的沙尘里，带回雁群

从居延海起飞时

翅膀的拍打声

在渣子河山口，有人

拉着整车的苜蓿草

驶向牧场

像一只秋风里

羽毛凌乱的飞鸟

我刚从

阿拉套山岩画遗存地

走出来，还在断想

那个刻在岩石上的女人

她梳着双辫

衣裳鲜艳

肚皮依旧

温暖

她是一位母亲，孕育了

纵马驰骋的战士

史前漫天的繁星

此刻

她知道了我

在尘世，恐慌不安的

全部秘密

原载《扬子江诗刊》2019 年第 4 期

秋分之前

当秋分来临前，牧野
早已金黄
白露之前的虚幻与
河流的疼痛
适合在篝火旁
告诉牧人

土拨鼠在十月
进进出出
藏好了过冬的草籽
雁群在昨夜，歇脚河岸上
今早
都将乘着最后一次暖流
向南起飞

我们该去丈量一下
牧场里，过冬的牧草
丈量河床的冰层
算一算
这些
够不够编成一只

让牛羊

安全度过寒冬

的筏子

原载《扬子江诗刊》2019 年第 4 期

辑二　海潮坝的风

在冬至的词根上打柴取暖

冬至前的一些风

吹动多么安静的河谷

向北的雪水河

你那么冰冷

我与一枚卵石冻结在混沌的午后

怀抱着冬至

在她的词根上打柴

有阳光从云隙里泻下

那些光斑

踩着鹅卵石跳跃

我的

一些记忆，尚在鹰翅之上

苍穹那么沉闷

让我喊出一声巨响

让一群，侧身飞往南方的大雁

分享一缕阳光给我

点燃冬至的词根

让我打柴

取暖

牧村裸露在几片雪上
家里牲畜的蹄子
多么密麻，这使我的
疼痛跟着一些被生活
欺骗过的人
开始寻找黑夜里
安放
灵魂的墓穴

潦草的午后
我看到牧女的长发更长了
是该要梳妆
看到炊烟、胭脂和青稞
那么浓烈
冬至即将燃烧

冬至前的一些风
吹动多么安静的河谷
向北的雪水河
你那么冰冷
我有冬至提着的一把

柴火和二两土盐

这足够让我和牧羊女

在人间

苟活

原载《诗歌周刊》2016年总197期

我
把
马
鞍
归
还
草
原

在坝上村，五保老人和一只羊

在坝上村，我熟知那个

独居的五保老人

熟知他在每个夜晚

提着一缕

昏暗的月光

侧身推开后院的窄门

摇摇晃晃的，像穿过

一次次惊心动魄

而又

满目疮痍的人生

他从一声锈涩的门轴声里

艰难地抱起

一捆草

蹒跚着去后院喂羊

陪伴他在人间

活着的就剩

唯一的这只羊

在漏着夜风的堂屋

两只歪着腿的长凳上

放着的一口棺木

大红色的棺板上

漆着疼痛过后

叶子卷缩的长寿草，漆着

祥云与仙鹤

喂羊，这是他在人世

能做到的最后一件事

还有一件就是

等自己的肉身塌陷于某个时辰

村里的人们，或许会晚些

更晚些，听到他的死讯

匆匆赶来

他不欠人间，不欠

人情，他留下的

这只羊，刚够人们

吃肉、喝汤

给他抬棺

吹鼓手，也会把
唢呐使劲地吹
他晒过太阳的墙角
还留在人间

原载《高台文艺》2023 年第 1 期

辑二　海潮坝的风

雪落景窑寺

只有下雪时，我热爱景窑寺的庄严

肃穆

热爱那一排红砂岩上

开凿的洞窟，那里

藏着太阳的光斑

风和雪粒

大雪封山

水就不再白白流淌

在冬眠后的牧场，牧草喂饱了牛羊

雪后的大地

像没有飞过鸟群的天空

异常干净

我热爱窟内静若幽兰的曼陀罗壁画

寂静地旋转

在谢幕后辽阔的高原上

生出我

突然的白发

我把马鞍归还草原

我热爱窟内六道轮回

而来的僧人

他从戎马倥偬的清帝国

带回我前世

遁入空门的舍利子

那湛蓝色的淬火处

依旧留存着

诵读给真爱的一首诗

雪落景窑寺

雪也覆盖了大地

原载《北方作家》2024 年第 5 期

旅行

十月，我带你从河西走廊
穿过东山隧道，遇见
卓玛歌下的青海青
黄河远

遇见，牦牛沟的牦牛
它们的犄角，都挑着
一座
祁连山的雪峰

雅克草原上，河水舒缓而来
像我们旅行的开始
卓尔山的晚霞
渗入黄土
仿佛我们也被这壮观的落日
满身泼彩
成为大地
七彩斑斓的一分子

我们还年轻
亲爱的，去哪里都好

原来，这里的秋天

是慢慢从

天幕里降临的

起先是

染黄了阿柔大寺的钟声

贡白加隆山的岩石

默勒河两岸的灌木

也会轮到我们，将要经过的

十万亩

金黄的原野

轮到我们

去遇见一个个

陌生的地名

遇见，久别重逢的故土

那里还生长着我们

前世的爱情

像最后一株行走在

秋天的蒲公英

向上

举着会飞的种子

原载《焉支山》2023 年第 1 期

旷野

好久没去过旷野

没有向你描述

在群山静默的黑夜里

仰望夜空

拍下天狼星

挑亮的银河

我笃信，每一颗星星

都对应着人间的一盏灯火

旷野深处的朽木和我

彼此

矜持地燃烧

苏木恰克老人的火塘里

柏木柴

噼啪作响的火苗

已经燃起

亲爱的人，都围坐在一起

满身散发着

柏木的清香

谈论着，那个即将

从旷野回到村口的浪子
满脸木讷的神情

从旷野而来的人，一定是
找到了山谷、河流、举着粪球的甲虫
所有的秘密
在人们将要熟睡时
带着萤火虫
又回到
这纷乱的人间

我把马鞍归还草原

此刻，马先蒿的花
等待开放，隆畅河畔的风
穿过滨河路，吹着
放学路上女儿的口哨声
这一切，刚好让我
再一次
沦陷其中

原载《北方作家》2024 年第 5 期

小镇的夜

曾千百次路过小镇，在雪水河两岸

我出山时，左边叫康乐

我进山时，左边叫白银

今夜我住在小镇

窗外的蛙

它们集体鸣唱一种和声

高音时，是跃上我

透过窗棂斑驳的灯影

低音时，是没入

落满星辰荡漾的湖心

细细听来

总有那么几声，押不上尾韵

这显得多么突兀

异常孤独

温文尔雅的小镇，叫白银

也叫康乐。当灯火

一盏接着一盏熄灭

我听到，远去小镇的牧人

牲畜与马蹄声

从那隐约传来雷声的牧野上

跋涉而来

他们携带着雨具、草籽和奶制品

这惠及

宇宙长青的物质

将会在今夜，统统

抛撒给天空

牧草不生，你再去赞美

草原是有罪的

让贪婪的人，在敬畏不安之后

感恩一株青草

挂满露水的心

让雨夜患有孤独症的诗人

交出身体里的雷鸣

原载《焉支山》2023 年第 1 期

广场上的长椅

街心公园的长椅上，老人们
在一起
晒太阳
反复晒着

他们时而缄默
有时低语，一些人
没有再来
一些
过几日带着浓浓的中药味
又回来
继续晒

他们彼此微笑，微微点头
相互搀扶着坐下，就那样
披着太阳，禅定般地
坐到午后

我的父亲和母亲，在世时
也去这长椅上晒太阳
反复晒着
彼此默契

阳光从他们的发丝间流过

脸上布满了惊心动魄的皱纹

在那里，一定藏着

匪患不断的往昔

与

敬仰过的神

他们生育过的孩子

一个一个，从他们的目光中闪过

像一台陈旧的电视机

闪着

满屏的雪花

阳光在他们的身上

越来越轻

有时空气，会那么稀薄

他们越来越像

一群孩子，时而任性

有时顽固

他们

在街心公园的长椅上

晒太阳

反复地晒着

原载《焉支山》2023 年第 1 期

辑 三

———— 写给女儿 ————

二〇二二年四月，春天在这里如此干旱

二〇二二年四月
春天在这里如此干旱，河西走廊
还剩什么
不是干旱的了

在人世，有人刚刚离开
埋入土里
有人刚刚到来
啼哭不止，这些
都带着泪水

妻子刚刚穿过一场沙尘暴
已是灰头土脸
现在，正站在
院子里
打落身上的尘土

在我的白石头牧场
雨滴没来之前
勉强绽放过
粉色花蕾的蒙古扁桃

以及羊群

细微的哀鸣

它们都像

细细的水流

蒸发于昼夜

当白毛风，又一次

卷着沙尘吹进牧场

我仅剩的一株针茅草

披头散发

拦腰折向了天空

折向天空的

还有羽毛凌乱的飞鸟

还有远山隐去的轮廓里

逃回远古的马群

还有，夜里的河流

低声的回响

旱獭坐在洞口，不停地摩拳擦掌

它像是在祈雨

更像是在使劲地揉搓着

二〇二二年四月的春天

在这里

如此干旱的时间

原载《焉支山》2023 年第 1 期

写给女儿

女儿，我坐上 K42 列车北上
火车很慢，就像河西走廊
蹒跚的春天

看到
你去晨跑，那你
有没有看见低处的草
高处的白杨，在初春
醒来的样子

此时
绿皮火车像春天的一封邮件
戳着你父亲名字，正穿过
灰白的北方高原

女儿，过了萨拉齐
大青山就连绵起伏
北纬 39° 左右，景致是一样的
不知名的河岸上可以看到
黑白相间的牛
甩着尾巴，河里

结着冰

我看见很多人在田间烧荒

在用烟火

温暖着土地

她们种下小麦、玉米以及山药

她们必须修整

荒草萋萋的田埂

像是给希望修剪出

最初的模样

女儿,我坐在车窗口

太行以西

看不到远方,这是三月

有鸟群低低地飞

一些树木的枝丫丰盈了起来

想起《太阳照在桑干河上》

温暖的涿鹿古地

居庸关里

春天的气息

那么浓密

女儿，我在过道里点燃一根烟
这是倒数第一根
山河陌生而又熟悉
窗外
田野浩渺

我去过两次北京
一次划过天空
一次俯身大地
我喜欢向上仰望，可以看到
端坐山河之上的神灵
有些疼痛不断滋生
它昭示人们
敬畏之后的不安

女儿，车到了夜晚的北京
我突然察觉
是一个年迈的扳道工
一下子
把我扔在了
举目无亲的北京

我把马鞍归还草原

原载《星星》2021 年 8 月上半月刊

毛卜喇的风，向北吹

我从圣容寺向北，毛卜喇的风
吹着疯长的苜蓿草
至今回荡着
一声
汉朝的马鸣

在毛卜喇的土路上
开车奔向旷野
多像一只单飞的鸿雁
在铅灰色的天空
羽毛凌乱地飞翔

毛卜喇的泉眼，喂养着城堡
墩台和夯土、芨芨草和沙蒿
喂养着骆驼
裹着毛毡避寒的放羊人
家里还
喂养着土豆和玉米

这贫瘠的土地，一直叫毛卜喇
一直豢养着生命

一位想回长安的女子

一直站在你

风烛残年的豁墙上

至今

喂养着

泪流满面的寒风

原载《北方作家》2024 年第 5 期

我
把
马
鞍
归
还
草
原

靖远之远

靖远通大漠，也通雪域
更远的是
披毛犀的牙床化石
它至今留存着
更新世
长在靖远的草

留存着，最先跳进
扎陵湖的一粒黄沙
染成的黄河

这火光闪闪的大地，需要
俯身去阅读
一步就是一页
像读一卷泛黄的古籍

扉页上的水和土
像男人和女人
在刀耕火种的家里结合
在塬上种粟
这都用于果腹

鼓腹的彩陶，在炉膛里

孕育火与土的艺术

我两手空空，站在祖厉河边

多希望

迎接我的是一位穿着

芦苇草裙的女子，她挺着

渐渐隆起的肚皮

她美目盼兮

从一口双耳大腹的彩陶罐上

小心翼翼地

跳起一支

庆丰的蛙舞

九月的靖远，更远的是

乌兰山的眉骨

当靖远，丘陵连绵

当我夹山而过时

就遇见爬上荒岭的侧柏、香花槐、文冠果

遇见，拍夕阳的人

我把马鞍归还草原

在即将合龙的金滩黄河大桥上

奔跑

在靖远

一些树木的根系在暗处

河滩上捡拾黄河石的孩子

在明处

当我坐在

波光粼粼的黄河岸边

我亦是，披着

不明不暗的夕阳

抵达了马家窑文化遍布的

靖远之远

原载《北方作家》2024 年第 5 期

绣花庙记

绣花庙没庙，空有绣花
这样诱人的名字

河西的风，如沙如刀
用来打磨十一月
沪霍线上的车流
打磨风电机巨大的桨叶
打磨焉支山的棱角
以及
绣花庙的空址

在这里
路，漆黑光亮
像包过浆的一段漆器

绣花庙有城址，有烟熏火燎的灶台
有绣娘的绣房
亦有瘾君子
侧身而卧的烟台
那宛若
黄豆大小的灯芯

忽明忽暗

闪现给我的，亦是

明长城的一段驿站里

曾经

满目疮痍的人间

绣花庙有长城，有几处坍塌的豁口

风，从此吹进了山丹

吹黄了

绣花庙上百亩油菜花

就原谅那些明朝的士兵

像原谅母亲

没来得及缝补的一件衣裳

原谅今天的风，吹凉

绣花庙的空址

原谅墙角下，一群蚂蚁的纷争

原谅它们

还在举着土块

奋力抵挡着

南下的一旅蚁兵

原载《北方作家》2024 年第 5 期

大靖岩画

在古浪大靖，听白天龙讲
祁喇嘛的个人史
几十年前
他下山去了花庄村
在尘世
他用了几年
才把转轮寺放下
让佛缘
空若隔世

我把马鞍归还草原

好不经用的时间，该是
那段青铜的时光
巫觋把龟甲
刻进了大靖的岩石
进山问卜的人
一定是
带着生死攸关的事

我问询着赶来，带着隐忍于
世间的悲悯
从龟甲岩画的裂纹里问卦
曾经匪患不断的人间

从此会

归于荣耀的今天

在昭子山另一条山谷

有人在岩石上刻下故事

岩画中任有马嘶、呐喊和宣告之音

跃出岩石

有泪流满面的战士

至今用戈

举着星辰

让臣服者屈膝，给异邦的王者

献上王冠上的图腾

这等同于献上土地、河流

牲畜以及

怀孕的女人

野兔遁隐，鹰划过长空

山河依旧年轻，我的

快门只需一秒

摄取昭子山岩画

我相信它

依旧痛不欲生

那些画面里环臂起舞的人

戴着鹿角

饰着虎尾

他们手牵着手

正在用舞蹈颤动着

岩石、牙齿、长发以及

温热的乳房

确信，我看到的

情况一定属实，一定有

巫觋的歌声引领持弓的猎人

背着麋鹿

正从山里

呼啸而来

原载《北方作家》2024 年第 5 期

刻在岩石上的鹿

刻在岩石上的鹿，茸角
年年盛开

等青铜熟了
与细石器比一比
你更容易把
乳房刻在石头上
感恩

等猎物捕杀之后，有人在
山崖上结合
一些畏惧
开始不安地塌陷

巫说，让我刻上美丽的雌雄鹿
让猎物开始繁衍
让生命从
渐渐隆起的肚皮里
赐给我
赤铁、长矛与弓

骨镞已不能战胜饕餮

请铭记那些刻在山崖上的印记

记住猎场、路口以及边界

请给那些偷袭我们的异邦

射去赤铁之镞

让女人、野兽和家畜们的肚皮

再次隆起

让刻在岩石上的凹痕

显现出生命

让那些美丽的鹿

跃上岩石

茸角，年年盛开

原载《北方作家》2024 年第 5 期

黎明，不一定是黑暗的

朦胧的黎明，暮霭没有散去
时间还早
听见布谷鸟的叫声
由远而近
她是在啼唤一只，躲在
白杨树梢的云雀
她们在黎明未至前
想用飞翔的拍打声
唤醒女儿背诵过的课文里
那段壮阔的人生

因此，黎明
不一定是黑暗的

我已经没马可骑
我只好背靠祁连，只好
把马鞍归还草原

一直往山里走，那里不会有
圈养的文明
不会有

锈迹斑斑的牧草，不会有
死亡的灌木和牧歌

因此，黎明
不一定是黑暗的

我时常
在黎明前醒来
听不到隆畅河的呜咽，听不到
马儿跑过门前
这些凄美的往事，我交给
静默的雪山
让黎明后的阳光，把它们
融化成河流
奔涌或咆哮

因此，黎明
不一定是黑暗的

我喜欢那曾经慢慢的时光
斑驳的绿邮筒，每天只有一次

路过门前的班车

还有锻造马蹄铁的铁匠

不紧不慢的打铁声

依旧温暖的小镇

亮着灯光的家门

我们仰脸微笑，面对窘途

我们仅仅相信

梦想以及信仰

就像黎明

不一定是黑暗的

就像我的草原，收到了

我归还的马鞍

我要，写下这个春天

我要，写下这个春天

写下敲打惊蛰门扉的虫子

冰河的一次塌陷

还有那温暖的根须

以及飞翔的一粒尘埃

潦草的旷野上，虚弱打盹的石鸡

那么安静

旱獭醒来，白杨嫩绿的苞芽

在惊蛰时节膨胀

这是多么适合

孕育的季节

我要，写下这个春天

写下炊烟里

朦胧的村庄

空气的碎片，搭乘

十万万缕阳光

扶摇直上的，还有潮湿的雾霭

弥漫灶台与茶香

我的母亲，算着一个春天的节气

门外解冻的河水

欢快又冰凉

而我不能翘盼的雨，还在远方集结

印度洋的一次暖流

杳无信息

云层翻涌的帕米尔高原

你低些

再低些

让喀喇昆仑，黑色山脉的垭口

奔涌而来的那场春雨

落满草尖，落满瓦砾的皱纹

我听见，春雨里的河西大地

就像一个

正在呻吟的女人

我要，写下这个春天

写下碱土与苔藓，还有鼻息之间

出入的尘埃

写下羽翼蓬松的鸟群

出没森林的野兽

它们向着荣光狂奔

飞翔

我要，写下这个春天

写下枯草与残雪

还有大风涌动的沙漠

无序的草根

落满尘埃的睫毛

燕子分叉的尾翼

以及清明，祭祀时的一缕

青烟

我要，写下这个春天

写下春天的节日

故事以及结局

我发酵去年的青稞，用于

疗愈大地

抽穗时的疼痛

我躺在枯草里，那么清楚地听见

一次地下萌动的巨响

草须或是触角

它们聚集在一起

正在密谋一次

春色繁乱的暴动

这些生命之音，嘈杂而又清晰

我要，写下这个春天

写下白天与黑夜

星光下灿烂的银河

裸居巢穴的蚂蚁

以及雨露

那些微弱抖动的

春天到来的气息

我要，写下这个春天

写下牲畜的牙齿

牧草的根系、被牧人

脱落尾巴的羔羊

写下，北方的尘暴、河流

落满尘埃的雪山

写下，我和祁连山的梦想

在春天里

慢慢生长

第六届"中国好诗榜"上榜诗歌

我把马鞍归还草原

写在秋天

在秋天
羊儿反刍着牧草，还有一地
渐凉的月光

叶落知秋，草黄马肥
秋夜那么深邃
谁即将抬头望见团圆
有个祭日就在月圆那天
过不过十五
月亮依旧满圆

母亲喊着吃饭
经不起折腾的时光
回首就是我的苍年

秋天里，牧犬狂吠着的
一定是铁链也禁锢不了的欲望
这丰满的秋天
夜晚多么诱人
适合拿着胭脂
去求爱与狂奔

向晚的斜阳，雪峰暗沉

和我站在秋野里的老王

看雁翅上呼啸的秋风

马群突突着鼻息

没入黑夜

这可以触摸的秋天

有种子的呐喊

在夜里呼啸着落入了

大地

我斜跨的小路

通往那些熟知的远山

垭口里盘旋的鹰

通往祁连山黑色褶皱里

牧草流淌的金黄牧场

秋天的阳光，在瑟瑟发抖的

草尖上聚集

能够照亮的苍穹

翻山越海，像我

在等一次

盛大的落日

等向北的风，等自己

世俗的肉身

秋天的风，行走在高处

羊群和兀自吃草的马

晾晒奶制品的牧女

这些都适合

写进秋天的情绪

原载《北方作家》2024 年第 5 期

辑三 写给女儿

河流

在德合隆村，遇见静默的河流

是在搬迁以后

这是秋天的一个下午

牧场悄无声息

戴胜鸟低回的灌木丛

牧草渐渐稀衰

旱獭站在

狼毒花遍野的山坡上

做出

很担心将来的样子

河流、河流

你的根系是一滴

闪现在

草尖上清晨的白露

是牛羊

舌苔上反刍过的青草

是母亲，挤奶时

犒赏给雪山的奶香

我一直觉得

在我身后隐行的牛羊

又从屠宰场回到草原

它们

屏住呼吸

横渡了夜里的河流

从熟悉的垭口，披着星光

归来

它们的舌苔，依旧长满

青草与山峦

它们默不作声，它们

懂得

这河流与草原

是牲畜与牧草不可分割的

根系

原载《北方作家》2024 年第 5 期

祭鄂博

我们开始从河道里，搬运石头

添加在鄂博的石墙里

让桑烟燃起，让马群集合

让长着大耳朵的人

先替我们

听到神从天空降下

让有福分的人

搀起老者，向天空

抛撒洁白之食

让有着尖尖喉结的人

吹响白海螺

让牧人们捧着奶制品而来

歌颂每一个逝去的神

让孩子们敬畏自然

铭记那些

流传已久的

无声而述的禁忌

我把马鞍归还草原

当我们看见

那些忏悔的人，跪下来

亲吻着大地。看见

迷信的人

正在走远

看见

细雨绵绵的大地

青草

正在蠕动着身躯

故乡新雨

不能翘盼的雨，今早
就随你的性子说来就来
这几日多好
看见指甲都湿了
还有什么不能湿了呢

倚在窗口
用牛羊的眼睛看雨
远山的雨雾那么沉重
此刻，牧草的根系是
白色的潮汐
雨滴就像落在大地上
蓝色的诗句

风啊！请你来朗诵
雨走过草尖的声音
大地缠绵而又多情
像一位
动情的女人

想起三月里的牧场

那些尘土、枯草

还有妻子

灌羊羔的面糊

这无法分娩的苍穹，一直是

一位难产的村妇

一些措辞成为渗水的病句

我不愿拿干旱

象征春天

在每一场雨后，我总能够

蓦然听到

这苍天的耳语

正在从蔚蓝色的天际传来

从祁连山的森林里响起

痉挛，是春天的大地疼痛的样子

痉挛，是春天的大地疼痛的样子
这适合比喻，抽搐过的
一些河流、树木、矮草
历经的重生或是死亡

一些老人开始哮喘，关节肿胀
必将有苦难、死亡以及诞生
轮回人间
必将有雷鸣、闪电、大雨
以及淋湿的野兽
向着荣光奔跑
像一团绿色的
笼罩村庄的暮雾

最先感知疼痛的是蚂蚁
是触角之上
蛰伏的春天
不要去打扰燕子们低低的飞翔
它们正在
讨论
怎样裁剪祁连山这边
难产的春天

我把马鞍归还草原

纪念一些繁花似锦的往事

不曾有过

断指的疼痛

一些故事，适合用

青稞发酵

再用些燕麦，我想

这样或许能够

飞翔

我站起，又跪下

把柴门、栅栏加固

我怕它们倒在春风里

看不到疼痛过后，开在

栅栏上的小花

其实不用默念一万遍

你的名字

不用母亲的佛珠，不用祈祷

旷野里的小花，你已经加持了

惊恐中的野兽

遗孤村庄的诗人

面对，漫过巴丹吉林的春色
杜鹃鸟的叫声
最初是干涩的
夹杂着忧虑

待产的牛、母羊还有黄尾鼠
一些灌木与矮草
它们都一言不发
或许赞美春色
是多余的

旱獭不停地翻晒，惊蛰之后的担心
它们用静默之术
换来第一声
炸响的春雷

一些急躁的人，骂天骂地
他们侮辱过雪山、河流和森林
假惺惺的诗人
请不要赞颂第一滴雨
不要做出假惺惺的
啼笑皆非的悲悯

河流是流动的，有时会被

水泥凝固

纵使又能回归雪山

又能否被等待弱水的

胡杨召唤

冰川是静止的，有时会被

登山者的睡袋

焐暖融化

纵使又能回到冰期，又能否被

大雪隐藏在从前

趁着杀戮之后

让自斟自饮的河流

流经灰烬覆盖的森林，趁着还有

力气

让我拽住逃亡的尾巴

让母亲把我生在蛮荒

让我蒙昧愚钝

让猎人与野兽竞技

让我把他们刻在岩石之上

让文明回归青铜之上

让怒目圆睁的饕餮饱餐，让商后母戊鼎

流淌出乳汁

让人胆怯而又感恩

这些事，都可以拿去疗愈

因疼痛而痉挛

抽搐的大地

痉挛，是春天大地疼痛的样子

总会有雨水、鲜花盛开

总会有淋湿的小花

呜呜哭泣的森林

总会有些美好，遇见

跨着河流与山岗的彩虹

总会有胭脂让我买到，捎给

走出春天的

妻子与女儿

总会找到措辞，歌唱春天

痉挛是否

可以用来修饰大地春天的疼痛

我不用修改

就像春回大地

不用修改时节与复苏

我不用修改这个措辞

痉挛，就是春天的大地

疼痛的样子

辑 四

—————— 爱无期 ——————

木屋闪耀，漆黑里到处是灵光

我的木屋，淋过雨后
透出松脂的清香
凝固的风声
再次醒来，像是吹着
祁连山的一片松林

这是八月，因诗
迎来刘年和张二棍

刘年喜欢落日
荒原和雪
他说他想用诗歌
为焦虑的人们
祈福
安神

二棍他说他自己
貌美如花
因为苍天在上，他愿埋首人间
还有一次，他看到

谦逊的落日
落到了火葬场的烟囱后面

他们坐在我木屋的门槛上
数我远山腰上的羊群
问我，羊儿能否披着星光
归圈，问我的马
能否听到主人的口哨声
突然跑来

我把马鞍归还草原

我们因为这美好
端着酒杯里的山河、旧事和窘迫
有时会哽咽，像夜里的河流
心甘情愿
一切都将
适合在低处独唱

当星影缥缈，木屋里到处
钻进夜行的风
我们一直举着酒杯，始终

没谈论一句关于刘年

关于张二棍，关于

我们写诗的秘密

我们坐在木屋中

像坐在黑夜里的一片松林里

我们都听见了，啄木鸟举着长喙

飞来

啄着我们多年以后

未具姓名的墓碑

像尘世的来客

敲着我们

时光斑驳的门扉

母羊

把羊羔出售，像它们小时候一样
把它们抱起
傍晚装上屠夫的汽车

牧草依旧茂盛
母羊从天亮开始
绝食
寻找
昏厥

在晌午，我等来
上百只母羊从山坡的四面赶来
它们围着畜圈
打转
叫喊
围着我
伸出愤怒的前蹄

三天以后，它们开始沉默
有一两只，偶尔
向我叫喊一声
像是在责骂

这些牲畜，从孕育到生产

跟着我出圈，又归来

它们若是

再也不听我的使唤

消失在草原

我将两手空空，站在这

满目疮痍的人间

原载《祁连风》2022 年第 1 期

爱无期

又看到了岩画，我爱你

榆木山

这马鬃般矗立的山体

倔强而又坚韧

我从你这里起程

寻找岩画

至今，没有

结局

在时间的长河里，面对岩画

不需要

注释，不需要

旁白

我看到的岩画，在榆木山

情况全部属实

整个河西走廊，我都去过了

我爱你岩画，爱黑山

束腰短裙的女子，爱

昭子山马背上的王冠

爱牛娃山上持弓狩猎的猎人

爱平山湖

体态俊美的马驹

我还爱着吴家川的大角鹿

爱着姜窝子沟，赤手猎获

野兽的长发女人

爱着绣花庙身披

饕餮纹样的猛虎，爱着

赤金山骑马持戈

交战的士卒

二十余年了，我不停地奔走

跟着那些弯弓搭箭的猎人

戴着鹿角狂舞的巫师

骑马疾驰的战士、惊恐逃遁的野兽

还有

后来

生下儿女的母亲

面对岩画，所有的解读

都显得那么

苍白无力

岁月流逝，唯石能言

岩画

是先民震动大地的铮铮之音

是猎人的响镞射向野兽

是巫师的皮鼓响彻云霄

我坚信自己看到了

他们火热而又行流散徙的生活

看到了

猎牧先民从燕山、阴山、贺兰山、祁连山、阿尔金山

天山北至中亚、西亚

这些广袤而野性的大地上

向我的内心奔涌而来

又绝尘而去

秘密

每次，路过水库
我都要看看，那四只黄鸭
两只带着五只雏鸭，另外两只
带着七只
都拳头那么大

此时，整个水库柔软
它们身体柔软
它们把头埋入水里，有时
钻进草丛

我坐在水边，现在
祁连山是美的，水库是美的
我确信
它们都是我
人间的知己

我从六月数到八月
翅膀高过水面的
一只只飞走
昨天就只剩了

两只

我一直
混迹草原，想必
你也看见了
可我们有时，就只剩下
插翅难飞的今天

原载《祁连风》2022 年第 1 期

我把马鞍归还草原

巴尔斯雪山的雪

我深信，巴尔斯雪山的雪
通过万年的堆积与流淌
一定留存着
父亲用一生谱写的那段
豪迈的岁月

一定有年轻的母亲
看到他赶着牛羊，在大雪
将至的黄昏
横渡了
风雪交加的牧场

我深信，巴尔斯雪山的雪
通过加持与显现
一定是
落在了曼陀罗的中心
这吉祥的轮回中，一定要
加上大河与松林
加上诞生在一片雪上的村庄
加上茶叶与土盐
加上火塘

加上牛粪燃灭的灰烬里

人间的

爱情

疾病

死亡

我深信，巴尔斯雪山的雪

通过阳光，攀附在

针茅草细嫩的根须里，一定要加上

牲畜密密麻麻的蹄迹

加上冬至的大雪

加上春天的复苏，加上雁来

加上黄鸭先知的

那两汪巴丹吉林

春暖的海子

此时，我要加上

湃浪河封冻的声音

加上长沟寺门槛上信徒的额头

加上

十一月的风，面对河流

加上
我面对静默的松林

就让，巴尔斯的一些雪
悄无声息地飘远
像寺院里早年出走的喇嘛
我深信，这是他
惊心动魄的一生

巴尔斯雪山的雪
你将要遇见，长途跋涉
辗转来看你的人们
他们还要加上
火车、飞机，江南的轮渡
他们一定疲惫不堪
该怎么面对
这四面八方
突如其来的赞美

我只需深信，一定是
除了我的村庄

世界都很偏

因此，天空的中心
就把雪，落在了神圣的巴尔斯
落在了长沟寺琉璃瓦顶的
双鹿法轮上

原载《祁连风》2022 年第 1 期

我把马鞍归还草原

当落日

走下民乐的天空

小雨不来，海潮坝的

薄雾不起

扁都口的油菜花不落

圣天寺的暮鼓不响

二〇一九年九月六日，我在童子坝河里

与白露、与断裂的雨声

荒落于民乐的原野

在民乐

有背背山、簸箕凹山、直岭岭山、麓沟山、乱疙瘩山

环绕着

八卦营墓群的风水

武士不醒，犹倚长矛

像我执念过的

东灰山遗址里的一截砷铜

隐忍于淬火

我隐忍过的

一些荒芜过的深情

是在这卑微的人间

不小心碎了一地的黄金白银

其中，不乏有被称为

灵魂的东西

原载《祁连风》2022 年第 1 期

我把马鞍归还草原

羊台山

在我没来之前，羊台山
隐于人世
当我疾病缠身，从祁连山赶来
你看到的——我的人世
多么荒凉

是西北的风和雨水
剥蚀了羊台山的棱角
露出粗犷的肌肤

沟壑从高处显现
蛇行般铺满大地
带来斑斓的色调

世间纷扰。大多时候
我们找不到一处适合
安放灵魂的土穴
在这里
人间的坟冢捧着黑漆漆的
墓碑，像大火烧过的
半截木桩

我们

何时才能放过

羊台山，放过

正在远遁的山河

这坦荡荡的羊台山，即便

寸草不生，即便

飞沙走石

都将适合于旷野

适合于落泪，适合于我

站在这里，让西北风

狠狠地吹

羊台山的烟火很细

刚冒出烟筒，就被风

吹散了

土坯房没有院墙，水井

没有底

暂居羊台山的牧人

没有地契

栅栏里畜养的骆驼和旷野上

散养的山羊

都没有数量

这些都不需要明确

就像羊台山

是自由的

它不需要人间的命名

动车驶过傍晚的大地

一

傍晚的动车，从兰州向西

驶过大地

它用一枚子弹的头颅

撕裂青藏的大雪，呼啸着河西的大风

这一刻，我同车厢上

那一身敦煌的飞天

一同揳进岩石与江河

这尘世有关疼痛的事

让人无语

泪眼婆娑

动车正用 260 马力的气力

穿过密密麻麻的人间

二

突然想到，和政的三趾马

巨鬣狗

想到大地湾遗址里的一具骸骨

想到镌刻在赤金山峡谷岩画里

手握长矛、袒胸露乳的女人

想到

秦直道平坦的沙石之路上

始皇帝夔龙驷马车

单辕双轮的契合声

我想

这些都适合于回响给火热的大地

适合于

聆听三江源头的色达之音

适合于

祭奠青铜礼器上

咆哮的图腾

适合于

举头三尺的神灵

垂下施愿之印

适合于大地

从巴颜喀拉山交出一条大河

奉献给

这曾经混沌愚昧的人间

三

密闭的车厢

有孩子的呼吸散发出母亲

身体里的乳香

还有人

散发着牛粪、麦子、香水与水泥的味道

这些被烟火标记过的人群

烙印如此之深

这显而易见

他们守着彼时的土地

路遥马急

我把马鞍归还草原

何尝不是贪婪

使一些疼痛开始滋生

直到

焦头烂额的家园再无生机

直到

我们自己

回不到安放自己灵魂的土地

四

我正在想，怎样用

大地上的黄土

堆一群好人，再用贪婪

捏一群坏人

我要看他们，掐住对方的脖子

直到

喊出母亲的名字

喊出故乡的名字

喊出青山绿水的名字

喊醒敬畏之心

我才罢休

写在鲁院的四支短歌

一

我笃信，时光先于我
到达鲁院的银杏树。通过观察
银杏树先于我，到达了
春天

这使我的粗糙，显得
没法与大地一起变得柔软
使得胸口
密不透风

这便是银杏树的嫩芽，先于我
无声地裂开，那是疼痛的事
关乎复苏与成长
死亡与重生

嫩芽饱满而又温暖，大地何尝不是
仰望于天空。我笃信
举头三尺有神灵，这与宗教无关
是它们举着大爱，向我垂下了
鲁院的春天

二

离家以后，才想起把睡眠

落在了家里

于是我每天等快递

路上肯定拥堵，但总归会来

于是我使劲想

该怎样拆开每个夜晚

该用哪一种睡姿

才能酝酿我的

鼾声——如诗

三

夜幕从窗外的楼顶落下

临街的车流被挨个点亮

汽车像举着灯的

萤火虫

我一直在翻动

一部写有春天的古籍

这静默的阅读，需要一盏灯

需要呼吸

需要那一丝微弱的力

找出

一个词语

像一个人的孤独

四

我趴在窗台上，隔着玻璃

玻璃隔着尘埃

有些质感，能触摸到

风滑过的痕迹

这是黎明，渡鸦开始转动红色的眼睛

它们一夜安静，坐在城市的灯火里

它们懂得不给这浮躁的人间

再添一声凄鸣

我想到

十里堡地铁站门口睡觉的拾荒者

他的梦里一定有过江河

有过热恋过的女人

他睡在那里，兀自很深

我把马鞍归还草原

只因

城邦没了边缘

才使他越陷越深

辑四　爱无期

点
赞

深夜的人会发光，是忧伤

照亮了灵魂

比忧伤还远的，不是黑夜

而是

一条河流

奔赴的故乡

我何尝不是这样

一无所有，有谁为我

撑起过

窘途的苍凉

人间还有什么，能获得

至高无上的赞誉

有人像打捞出水面的青花瓷

高傲孤冷，有人像双刃的短剑

揣在微笑的铠甲里

我将自己打开，安放在

泥沙俱下的朋友圈

看你们阅读

看你们点赞

我想为我点赞的人

一定是与我有了

生命的共振

我最器重的是那位聋哑人

他每次点赞

都是无声的

像我的感悟，共鸣了他的世界

我次次都回复他

他一定是

面带着微笑，坐在他

无声的世界里

一遍遍朗诵

阿拉玛山的皂角林

秋末的时候，我拉马下山
雪花飘来的日子
正在临近

阿拉玛山的皂角林里
流淌着的一款小溪
牧女正在洗着一条
红白网格的头巾

我有一件汗渍斑斑的袍衣
我也想引来
整整一条河流
一座雪山
埋下头
不停地搓洗、捶打
像清理肠胃的
将要冬眠的旱獭一样
做出来年
春生的样子

气温二十一摄氏度

亲爱的，我靠在黄昏的门口

有乌鸦正在腊月的天空里

纷乱地飞

我还是打听不到

一丝风声，走漏雪

要来的日子

这都十一月过半，气温回到夏日

你有没有遇见

墙角的蚂蚁

还在举着冬眠的一粒粮食

在一片

枯叶上散步

当我开车路过河床，亲爱的

薄冰欲裂的河床里

十一月的石头

像你喷洒过爽肤水的脸

光滑而又莹润

草木躬下身子，谦卑地通过晌午

温热的风

侧身而过

隐于光影

天空没有一丝缝隙，蓝如玻璃

拉煤的红色卡车

像映在天空里的

一团火焰

热浪那么辽阔

亲爱的

这些我都看到了

我们耗上的

不只是时间，不只是等待

不只是这浑圆的落日之后

涌动而来的风雪

我们将耗尽的热情与爱

从不断收获的身体里

搬运出疾病

我把马鞍归还草原

在这薄凉的世间

晾晒、治疗

亲爱的，气温二十一摄氏度时

我的孤独是巨大的，你看啊

一只失去水源的斑羚

在沙漠里死去

而我们，临水而居

在距离它不远的小镇

道貌岸然地活到今天

乡愁

童年时，我的乡愁

仅仅是父亲骑马走远的那条山路

我的乡愁连着百货商店

那一头很甜

我这一头很馋

我记得

水果糖那么甜，如不曾离开的乡愁

我摇着拨浪鼓

从牛毛帐篷的天窗里

数那满天的星斗

上学时，我的乡愁

是藏在校长口袋里的假期

每次校长掏出钢笔，我都以为

他要把我放归那条父亲骑马

接我的山路

就像放出春天羊圈里的羊羔

我记得

那时思念很窄，窄得只有

父亲与母亲

和上学路上回家的姊妹

还有我的黑头山羊

它越来越长的胡须

成年后，我的乡愁

是模糊不清的梦境，我记不清

乡愁的模样

像小孩们记不清母语

骑手们记不清马鞍

我记得什么，埋在乡愁里的父亲

五楼里被束缚已久的母亲

我还记得什么

牧场营地上的那抹炊烟里

喊我乳名的伙伴

转场路上，牧犬吐着舌头

留在牲畜后面的喘息

还是

牛粪燃尽的烫灰里

扒拉出来的圆圈馍馍

乡愁，如今是藏在键盘里的字母

像驱赶着我的牲畜

走在白纸黑字里

我熟悉这牧村，如熟悉德合隆村的孤苦

乡愁不幸

高挂草、松柏、地黄和莲

他们的乡愁

更明显

我把马鞍归还草原

与我相遇过的，离开牧场的老人

如今坐在

百货大楼下的长椅上

确切地说，他比以前

抽烟更多

有更多的沉思

四面环山

山里流着清水，他们把自己

暂时

放在马鞍里奔驰

我遇见更多的牧人

离开了有根的草原

到陌生的城市里去栖居

这像女儿多年前

填写的一张学籍栏里

对我的描述

关系：父亲

职业：无业

辑 五

—— 春雪，是撒向人间的白银 ——

写给德合隆村的牧人们

其实
我们，就是一个村里的人
最先要走的德合隆村
我暂且避开你，让我假装在
黑藏垭口的风里行走
那是你的边缘
土壤很肥
富含重金属

你是多么陌生，以至于我要
乔装成目不识丁的傻子
或许这样好些。可以
充耳不闻
一些焦虑与叹息

牧场的营地空无一人，每扇门里
流淌着
乳汁般鲜活的时光
依稀可以看到一些
父辈的模样
一些斑驳

我难以写成诗歌

可以闻到羊粪炉子的气息

可以看到

花卷一样的牛粪

码放得多么整齐

祖辈们

用放牧的时间，一直在寻找

牧草返青的规律

我这样想的时候

牛羊懂得

关于以后

或许与禁牧有关

我未曾想，找到一个恰当的词语

祭奠往事

我只关心被宰杀的牲畜

它们的舌苔

依旧长满

青草、河水以及山峦

我是不敢去打听

今后的德合隆村里

还有没有人

有没有，达隆东智的小说里

与熊搏斗的女人

走向最后的十月吧

这与金黄色的原野无关

让呼唤你的挽歌从蔚蓝的天幕里

落下

在星影将要合拢时

落满云杉的枝丫

愿她常青

在德合隆村的高处，或许需要

一张破旧的桌子

起先，是需要我们的一个人

喊出口号

让牛羊开始集合

这样也许会显得轻松

德合隆，请放下父亲手中的马鞭吧

让儿女们，继承父辈的秉性

让我

写下文字、泪水和思念

德合隆，请你

把秋天交给土拨鼠

让那些种子填满收获的洞穴

把乔木和灌木交给护林人

把牧草交给蝼蚁去更替

把辛酸留下来

把美好带走

你的记忆，会成为牧人的孩子

一生的守望

你听，夜里

多么熟悉的河流，从德合隆向北

它们亦有，可以奔赴的故乡

我们会有吗

让我再走远些，跟着

心灵里的牲畜

跟着风，穿过

黑河、心口

还有念珠

遇见

迟暮的老人，他屈膝跪向鄂博

他在向我询问，下山未归的

两个儿子

一个叫杨哥

另一个叫寺大隆

这是我无法避开的

无法独自走上僻静的小径

我看见心痛

看见眼泪

看见牛羊无助的眼神

我只能

假装沙尘眯了

我的眼睛

曼德拉山岩画

2008 年，我从丝绸之路北上
在龙首山低矮的垭口里
抵达黎明中
忽暗忽明的姑娘坟

在九月，雅布赖镇的东北
我与曼德拉山
相遇。我们彼此
正在炙热的戈壁上
兀自隆起

庆幸的是，曼德拉山岩石乌黑
像戈海里抛锚的大船
一些人，仍旧活在石头上
他们用青铜和铁
在招展的帆岩上
刻下牲畜、野兽与伪装的猎人
刻下荒野
落日如盘

这么久了，曼德拉山的战士

还在用长戈挑着繁星

还会有异邦

不断来侵

箭镞落满大地，人间

匪患不断

有时就寸草不生

曼德拉山岩画里

至今有

嘶鸣的骏马驮着

身披铠甲的战士列队出征

这沦陷过的土地

仍旧

潜伏着危机

傍晚，牧人巴雅尔·图

带我下山

不断有风，吹起

雅布赖小镇秋天的风衣

身后留下

那双拓印在雅布赖峡谷洞穴里的手印岩画

像我祖母的手掌

掌管过部落里

待产的牲畜与怀孕的女人

那晒黑的玄武岩上

刻着一位身怀六甲的女人

她袒胸露乳

衣裳鲜艳

她哺育了猎人以及战士

我只想等她

从岩石里走下来

捧着大腹

用某种语言

告诉我，苍茫的阿拉善大地

全部的秘密

从贺兰山北上

贺兰、贺兰

突厥人喊了千年的一匹马驹

青松如鬃，纷至沓来

此时

西夏远去

贺兰依旧年轻

沿着阴山北上，能否遇见《水经注》里

浩荡的山水

遇见《史记·匈奴列传》里

俯冲而来的一旅骑兵

空旷的内心，再难唤回

风暴的归隐

当北上成为朝拜时

就遇见，色楞格河

静静地流淌

就遇见九姓回鹘可汗碑

默默地矗立

我是你今天的后裔

依旧年轻

母亲，要去新疆的无数种理由

天留下日月，佛留下经。

人留下子孙，草留下根。

——引子

一

星星峡里、西风漫卷的安检口

山脉很低，一些碉堡

锈迹斑斑，风像子弹

一直在飞

它埋葬过青铜、玛瑙、丝绸裹着的海贝

不用掘地三尺，我有

一枚回鹘文的偏旁

足可以通关

过了星星峡

身后留下故乡

五百年

算不算沧桑

二

胡马闻北风，亦闻得到

故土的味道

该是骑一匹甘州回鹘的马来

它的基因依然识路

沿着祁连山西行

不用五百年，不用拆散长城

留下

身后的阳关

面对鄯善以北的风

三

吐峪沟是泥巴墙的世界

阳光

从雕花的木质窗格

照着躺在案上的葡萄

慢慢地缩水

阳光还照射在姑娘们的裙摆上

跳跃出沙枣、石榴

抑或是哈密瓜

热情的纹样

四

我们住在吐峪沟的民宿里

母亲开始感怀

一遍遍说着

祖辈的往事

维吾尔族老人要送我们葡萄干与馕

像五百年前的东迁之夜

送给远行者的盘缠

火焰山不远

我起身出去，像个黑夜的战士

在吐峪沟

喂马、磨剑

五

高昌古城

门口有玄奘的雕塑

背着书箧走在疾风里

书箧里至今还装满经文

黄沙和落日

时光很慢

像埋在土里的一截青铜

它亦可有卷草纹的排版

像我手中高昌的门票

六

拆开高昌的残垣，找到故事

找到燃灯的盏台

夯土斑驳

像戈壁滩上熔炼的玛瑙

历经了桑烟

母亲和哥嫂们去了佛寺遗址朝拜

妻子与我另辟小径

女儿晒得很累

她坐在栈道上休息

像戈壁滩上

沙拐枣红色的果子

抚摸高昌，抚摸夯土的层理

拆解城门上的卯榫

三千年了，亦可感触

西汉工匠的不安

他担心榫卯、夯土与大火

更担心

横刀而来的匪患

裕固族人至今在传唱

一首

别离故土的民歌

一个叫

西至哈至的地方

这可是汉唐文献中的西州和火州

或者是你的城邦

请原谅母亲《西至哈至》之歌

叙事的部分

原谅歌里的灾难、饥渴

黄沙以及信仰

原谅东迁路上没有装满水的皮囊

原谅生离死别的亲人

原谅玉门关之上

我把马鞍归还草原

明朝的士兵

面对异邦，曾

紧闭的嘉峪关

如果还可以原谅高昌

就把这首歌

交给古城里弹唱悲伤的歌者

给他的妻子、儿女

给吟唱史诗的母亲

给泪流满面的诗人

七

到了吐鲁番，时逢中秋节

姨妈等母亲

我等

安西都护府

派来迎我的士兵

八

交河故城，像一艘大唐的航母

还有箭镞在城墙上飞

安西都护府是

盛唐的铠甲

我站在遗址的官署区

看到吐蕃人在两河之岸集结

佛寺对着村庄

盛唐

对着脸面青黑的吐蕃人

在这里肯定有过街市

还有春月楼

有过买卖

陷阱以及荣光

庶民种着大片大片的荞麦

也种着汗血宝马

在这里，母亲点燃

采自祁连山的柏树枝

与高昌一样，又有风

把桑烟吹向远方

仿佛曼陀罗再次盛开

满地都是赤红色的砾石

妻子说是玛瑙

我怀疑是舍利子

九

吐鲁番西二百里

就到了达坂城

在这里

石头很硬，姑娘很美

王洛宾，依然垄断着

临街的音像店

十

哈密，遇见你最早

而写你最晚，我们从乌鲁木齐返程

又去哈密

我想

最晚的哈密瓜是成熟的

我不想很鲁莽

像个逃难的人

晒葡萄的晾房里进出的风

又回到藤蔓上

摇晃这慢慢的时光

姨妈又在哈密等母亲

我的朋友叫穆吉布力

在等我们

这一等，在哈密

就是五百年

像东归的土尔扈特人

把语言中的一些介词拆开

剔除来自波斯、蒙古

以及吐蕃的词语

留下回鹘语，我们依旧能够

像失散多年的兄弟

互通母语

不需要仪式

宴席正在进行

弹奏伴着演唱，双目失明的歌者

面对黑暗歌唱

唱给高悬于哈密夜空的月牙

你是最后的战士

唱着不朽的传奇

我从远方来，你有没有看见我

有没有熟透的果实

让我摘一颗

我想

哈密，是欢快的歌舞

哈密，是忧郁的十二木卡姆

哈密，更是甜蜜的乐土

十一

向东

又过星星峡

身后留下母亲民歌里的

西至哈至

五百年了

这算不算沧桑

星星峡，安检口依旧

碉堡依旧在西风漫卷里

呼啸着

车停在敦煌，我看

月牙泉正在注水

党河流经沙州

叫莫高的石窟一直安静

那晚，祁连山下大雪

我带着母亲

回到了风雪飘摇的

祁连山，回到了

剪断脐带的牧场

原载《白唇鹿》2018 年第 3 期

春雪，是撒向人间的白银

清明过后，春雪

是撒向人间的白银

这将会让

十万株返青的牧草

奔向我

山野里的蒙古扁桃

开花

奔向我，火绒草披着矮雾

奔向我

春天的羔羊，冲出羊圈

奔向我

榆树、白杨、云杉和矮一点的灌木

根须醒来

也将奔向我。它们带着

春天的痛楚

窸窸窣窣地

奔向吟唱

春天的诗人

这样的时刻，我动情于这春雪

动情于白杨的苞芽

嫩绿的小草

动情于即将产足奶水的母羊

动情于水湿润了大地

传来久旱之后的

一次呻吟

我把马鞍归还草原

我动情于这春雪，就是撒向人间的白银

像银粉玉屑般

落在河流、山岗、丛林

以及屋顶的瓦砾上

闪烁出

白银般细碎的光芒

我同样动情于这熙熙攘攘的人间

动情于爱与被爱

死亡与重生

动情于一次收获之后的喜悦

动情于耳朵

还能听见雪水河开封时

流淌出春天的舒缓来

动情于人与人之间

还能捎来

春天的问候

我也将，动情于这短暂的人生

动情于成熟的事物

带给我的满足与慵懒

我动情于在春天的复活

动情于啄木鸟成群飞来

啄响整个森林

像极了

暗夜中的雷鸣

春雪落向大地

我们站在返青的土地上，等待希望

我承认

我动情过的

同样会适合于你们

柳沟墩驿站

整个下午，我都在你
周边的地表上，寻找
一枚五铢钱

我不刻意地认为你是汉代的
不刻意地去想，你在这里
屹立了多少年

夯土墙上留着雨雪和风
驻足的痕迹，土门被阳光
照耀太久后坍塌
细沙从
西墙翻越城头
填埋了竹简和帛书

柳沟墩的戈壁久远
不远处的几峰骆驼
卸下的一定是蔬菜、粗粮、米酒和一轮
西沉的残阳

守卒熟悉狼烟，客商熟悉来路

我拍到的柳沟墩驿站

是旷世无双的一片寂寞

在尘世

性命攸关的事物，是我

捡起的夹沙陶片上

谁留下的粗布纹样

是谁用来吃饭的灰色陶碗

至今

还有半截露出地面

遇见，逃亡的青稞

我仅需耕作
锄草、浇水
那半亩青稞
它们在高原
长势很好

我要在秋收后，与这些谷物一起
隐姓埋名
我怕过黄河，怕过秋野里窈窕的高粱
怕遇见灿烂的燕麦
怕噼啪作响的酒坊
酿酒，不是一个词语
它盛满谷物的真实
让虚伪归于
赤裸以及简单

这些善良的谷物，用于
疗伤这后来
我们疼痛的人生

一些假象，像酒坊中的火焰
反刍淡蓝色的忧伤与悲悯

谷物多么安静，根须温暖

它们多半醒着

零星萎靡

耕作半亩青稞或燕麦就够了

足够搅乱夜空潦草的星影

足够让酒焰里燃烧的山城

开始颤抖不止

仿佛

我收割着

一些长势很好的青稞

用银河里的水酿酒

用松林里的苔藓

泡茶

用大雪纷飞的黑夜写诗

原来

我一直在用劣质的玻璃杯

饮醉

一个人的孤独

我有没有，告诉你两件欣喜的事情

我有没有，对你说过

开在一面墙

拐角里的黄野菊

就是开在两片

灰白的春天之间

微微颤颤的黄野菊

不足以让人们，欢喜的黄野菊

静静地开在拐角的一抹

春光里

这盛大的春天，我听见

一些低语

正在拐角的黄野菊下密谋

我有没有，对你说过

开在拐角里的黄野菊

这是我，将要告诉你的

春天里，第一件

让我欣喜的事情

我有没有，对你说起

大兴安岭，说起

维加的故事

诗人、画家，一个时常帮助

青稞抽穗成酒的鄂温克人

他至今没有

遇到更为文明的警察

向他举枪射击

因此，他携带醉态、艺术、诗性的种子

结婚了

在最初的敖鲁古雅

在雪地的撮罗子里

维加骑在母性的犴达罕上

朗诵他看到的棒鸡

唱着春天孕育生命的列那河

即使遇见三个萨满，骑着

三只熊瞎子

维加依然在酒醉后

小心地在新娘的双乳上

画满了松林，画满了

回乡的野兽

向着大兴安岭深处

绝尘狂奔

维加，归拢于你笔下的驯鹿

请不要让她们迷恋这

纷扰的尘世

就如同你

不曾迷恋过海南的浪花

我有没有，对你说起

鄂温克人维加的故事

这是我，将要告诉你的

第二件

让我欣喜的事情

静静的大河

远山的雪

越落越低

像是谁拉着寒冬的帷幕

跃上雪线的二十六头牦牛

像标记过的温度

零下二十六摄氏度

我臃肿的鞋

越穿越高

脚下的雪越踩越深

抬眼看见

村口凝重的哈气

像是

一跺脚，就会

悄然成雪

朱老大铁匠铺的大锤和小锤

轮番敲打静静的大河

敲碎寒日的碎片，像春天

隆隆而来的雷鸣

过了冬天

星宿、汗水和牧女

都将从雪山流下来

他们是前往

春天牧场

返青的使者

我把马鞍归还草原

把骨头交给北方

牧歌之上
是祁连雪峰飞白的头颅
我拿什么参照
在马嘶中
走失的草原

牛羊和牧草走失彼此
只有我的狗，还在北方的
草叶下闻寻
我横渡秋野的足迹

放弃记忆，思念
在你的高阔辽远里被牵动
像雪水河扯着两岸的炊烟、帐房、牛羊
都说走失了的马匹找不回来
我没马可骑，只好
背靠祁连山

有时，我想做回祁连的野草
让急骤的马蹄四面而来

将我的身躯踩得粉碎

有时，想做回一面萨满的鼓

让母亲使劲地敲打

像敲打穿梭在钢筋水泥里的游子

遍体鳞伤

有时，我想对着夜空

如狼嗥

等一枚如针如镰的新月

喷薄而出，新月

可以拿来缝合记忆

缝合思念的伤口

亦能收割梦里的姑娘

种在心田

像疯长的青稞和燕麦

召唤我的马匹，总会到来

闻寻我的狗，总会找见我

我把骨头举起，交给北方的草原

交给

博大

辽远

空旷的

干干净净的天堂

我的三十三条河

从祁连山那些黑色的山谷里

奔涌而出

睡在父亲黑色的帐房里

听惯了向北奔流的雪水河

像是母亲凌晨

挤奶的三十三首

向北

漫漫隐去的牧歌

山岗的黑色岩石上

坐着萨满的一只鹰，还有头顶

忧伤的一声雷鸣

我是祁连山最后的一层雪

我融化的部分

在麦田和玉米地里

滞留，居延海的涟漪

像母亲的皱纹

深藏着大地的诅咒

巴丹吉林深处

胡杨倒下的声音

匍匐而来。我看见

庄稼向北低下头颅

像是给阿拉善

鞠躬的孩子

祁连山多么年轻

雪水河日夜奔流

我的三十三条河，在你与我之间

这些

截流的水库

不断开垦的麦田

日夜膨胀的城市

就是一块烙在天地之间的印痕

网状的草地

在祁连山以北
更多的草地，开始禁牧
更多的铁丝围栏
裹紧羊的胃口

这乐谱一般横拦的铁丝网
羊群就像跳跃的音符
像白色的河流
等待，轮休的牧羊人
向它们
打出流向下一处围栏的
手语

我把马鞍归还草原

自由的风

风是这个季节的顽童

吹醒沙海黄色的眼睛

牧人抹一把睫毛上的尘土

却抹不去

落在草尖上的黄尘

羊群开始集合

马蹄踏着大地的疼痛

经幡扬起的一角

正在诵读

祈雨的经文

来吧！自由的风

旋起那天边的黑云

吹来

淅淅沥沥的雨水

去玩弄狂傲的

沙尘

冬曲

东山口的风

穿过针眼般的峡口

串起一群寒鸦的尖叫

纠缠不清

更远处是

驮盐孤行的雪峰

潜夜的几瓣雪花

开在帐外的马鞍上

父亲点燃牛粪火，炊烟

贴着清晨的寒气，低低地

向结冰的河道弥漫

拿着羊鞭的牧人，啪啪地

抽响鞭哨

正赶着密密麻麻的羊群

像清晨奏着

一首

吱吱咛咛的冬曲

雨夜，住在帐篷里

上河边的雾
隐没的不仅仅是雨声
不仅仅是
雨敲碎岩石
带出的雷鸣

闪电如蛇，没入
雨夜深处的牧草
十万珠雨滴下
是我祁连深处的帐篷
牛粪火下是我在
倾听天籁的雨声

这一刻
我的骨头酥软，我的
原野粗犷
至少要在雨停前
我愿一个人
这样
波澜壮阔地度过

敦煌

一

在莫高窟

人们都揣着各自的秘密

这人间熙攘

只有在莫高窟

不为利往

三危山上，蹲夜的一只鹰

至今还看着

乐尊和尚提着灯

一窟挨着一窟

照亮生死攸关的村庄

照着敦煌

亦无香火的悲悯

二

在莫高窟，敦煌的女儿樊锦诗

在晌午出门行走

她拄着拐，沐着阳光

一段挨着一段走

拐杖击打地砖的声响

清脆、肃穆

在我听来，就像

窟里早年

寂灭的木鱼声

三

在月牙泉，我收揽五色的沙子

研磨过后

带给甘州史小玉 [①]

让他用笔，绘飞天、伎乐、莲花与藻井

侍奉的佛与菩萨们

都穿着

五彩斑斓的裙裾

四

天选敦煌

最初的黄沙，被乐尊和尚

---

① 史小玉是元代敦煌莫高窟壁画师，以莫高窟第三窟《千手千眼观音》壁画闻名。他在南北两壁绘制的观音像落款"甘州史小玉笔"，专家推测其籍贯为甘肃张掖。

烧制成斧头，在大泉河畔的砂岩上

奋力凿窟

有时燃作黑夜的佛灯

埋首苦修

有时，还磨成针

缝补自己破烂的衣衫

五

风，吹进阳关

沙子就开始蛇行

我只需一缕风，就可以把

鸣沙山吹响

那响声是土黄色的天地

伎乐吹响的箜篌，那音律是

天蓝色的潮汐

让莫高窟的整个崖壁震颤的

是飞天起舞，缠绕着的丝绸

是五彩缤纷的

藻井在五彩斑斓的星空里旋转

曼陀罗正在寂静中

盛开

六

在窟里看画

维摩诘辩经，文殊菩萨从五台山前来

九色鹿跃上你的丝巾

琵琶在反弹

强盗放下屠刀

藻井上的三只兔子飞旋

舍身饲虎的山谷里，莲花

开满河谷

这些都是世间

多么曼妙的事

七

在月牙泉，人海辽阔

深陷于其中的是月牙泉的骆驼

另一个是

月牙泉的沙坡

我等落日，等吹矮阳关的风

等翻滚的蓬蓬草

等阳关

匪患不断的战事

等悬泉驿的邮差

送来

我今世

足够活命的

土盐和刀剑

八

在库姆塔格沙漠的地平线

落日如盘

黄昏的天际和戈壁，像

湖水的倒影，那里

雪山暗沉

周围再也没有高过我的事物了

我想

我站着，就是北边的马鬃山

横卧，也亦如

巍峨的祁连山

九

玉门关以西，有我向往的旷野

有戈壁寂寥

有风和阳光

制造出闪电

亦能照亮人世

飞沙走石的戈壁

麋鹿早已远遁，马匹

成群跑回远古

一只跑过兰新铁路的壁虎

传来

地震波似的轰鸣

十

在昌马峡，河流泛着

太阳的光斑

我迎面遇到的红柳

在风尖起舞

更远处

一匹匹白龙马

驮着

肃北的雪峰

像万堆白色的，开在

天边的芙蓉

十一

我把涌进裤兜里的黄沙

一粒粒掏出，在傍晚的站台

借助动车呼啸而来的西风

不欠一粒地

吹还给敦煌

这些事

我合掌都举过了头顶

傍晚，去垂钓一尾快乐的鱼

傍晚，去垂钓一尾
快乐的鱼
我善良地等待，微风四起
充盈着时间

忘记尘烟，我只是我自己的过客
苟且、苟且
不要以诗歌的名义
朗诵这个词语

我有些疼痛，有时因为
大雪降临雪山，有时因为
河流灌满人间
有时也为牧人的牲畜
为牧村里孤独者的神经，这些关乎
人间的事物，像夜里拽着
雷电的青稞，发出
拔节和抽穗时
幽怨的呻吟

我把马鞍归还草原

在祁连山写下的诗歌，最好的

一首，给了女儿

她像一尾快乐的鱼

游弋在嘈杂的人群中

这是我最初的信仰

关于爱的仪式

正在举行

傍晚，我想去垂钓一尾

快乐的鱼

让我的剪影

清瘦

单薄

有风，有一湾碧水池

静静地垂钓那些

淡蓝色的诗行

要多么沉着，才能加持

那些不再回归的鸟群

那些依旧盘踞在

笔墨里的野兽

鲜花

和蜜蜂

我只想钓起一尾快乐的鱼

让它在我的血管里

自由地游弋

不被浮躁充斥

夜晚，阳台上的蝴蝶兰

突然开了

我坐在阳台，看书

栀子花隔着玻璃

看雨

牧羊狗

牧场上的牧羊狗

一般都有四只眼睛

父亲说，白天用

两只眼看人

夜晚用

另两只眼看鬼

我突然想到势利眼的人

也戴着一副花边的

有色眼镜

宿舍的走廊

去宿舍的走廊不长，我与一株
橡皮树为邻

静悄悄的草，在后山坡
疯狂地生长
抬头就见雪山，是这
走廊能见的美好

宿舍里虫豸爬行，加上脚臭
加上几只
挤进窗缝的苍蝇
日子加上忙碌，橡皮树
加上木质的隔墙
加上走廊以及远处的雪山
都相得益彰

我们
买回真空包装的鸡
半生不熟的花生米
用 60%vol 的酒
慢慢地讲着
这里的故事

毛音胡尔

当毛音胡尔被拉响

引擎之音凌乱而又潮湿

听不到杜鹃的吟唱

它可是被这

猎猎的寒风

压住了喉咙

我逃向起雾的草原

像个落魄的醉鬼

留下泥泞中的

跌倒和爬起

毛音胡尔啊

我父亲拉响的马头琴

当我第一次听到你

苍劲深沉的音色

我的灵魂，仿佛穿过故乡的月夜

在色楞格河的波涛中

在旷古悠长的乡愁中

发出孩儿呼喊母亲的

哭声

当我屈膝，跪向北方的阿尔泰

当我失去毡房、骏马和原野

有谁还能够支撑起

我空荡荡的苍穹

毛音胡尔啊

倾听你每一次肝肠寸断的声响

没有褐色马群

浩荡草原的壮阔

怎会有你这样

哀伤满怀的颤音

我是找不到马群的马驹

只有在你泣血的吟唱里

走上

鲜花盛开、母语吟唱的家园

假如我搂着你的音符长醉不起

就请你把我留在梦里

让我

看到高原大河奔涌

看到毡房如花盛开

看到我的牧羊女背水微笑

看到我的孩子

策马驰骋

辑五 春雪，是撒向人间的白银

参照父亲的样子

在腊月，路过父亲的坟茔
碰见莽撞的风
还在吹着我的
心疼

驻足仰望飘过头顶的云
那凌乱的样子
多像我失去父亲那天
支离破碎的样子

我把马鞍归还草原

在世间
父亲就做一件事
生我养我
父亲就做一件事
劳作微笑
父亲抽烟，梳理日子
我抽烟，为了给你
写诗

父亲最后一次出牧归来
静静地走了

按我们的习俗，你再一次
坐在了马鞍上
与躺着的习俗看来
父亲，并没有倒下

又一次
路过父亲的坟茔
是三月，春天近了
而你却远了

我不会在你坟前哭泣
因为你并不在那里
你已化作一缕清风
轻抚着牧草
翱翔在深远无际的北方苍穹里

我不会在你坟前哭泣
因为你并没有沉睡不醒
你已化作春天，让牧草
返青的雨滴

你是我看到的

秋天大雁南去的影子

你是我在尘世中迷路时

冲出黑夜的北斗坐标

永不黯然落去

该是参照父亲的样子

像他的儿子

是他的影子

做好人间的每一件事

带着儿女

坐在马鞍上

牢牢地

记住父亲的母语

后　记

　　我长久幸福地生活在充满诗意的温暖故乡，祁连山是我有根的草原。

　　在我心灵的深处有着与雪山、河流、牧草一样的浪漫情怀与善良希冀。那些忧郁的牧歌、苍郁的森林、星光里的牧群、安睡的金黄牧草地、雪峰上闪耀的雪花，都在向我敞开取之不尽、用之不竭的词语之门，我时常被这片土地上的人和事物所感动与召唤。

　　这本诗集收录了我近十年的一些诗作，算不上最好，但都是我的真情告白，是我隐忍过后，散落一地的黄金白银。

　　作为一名出自人口较少的少数民族的诗人，我有着深深的文化焦虑和精神孤独。假如你细致耐心地读完了这本诗集，便会发现，我把自己完全呈现给你。

　　有根的草原随着欣欣向荣的时代进步，牧民从牧区到城市，从传统营生到现代商业，从信息封闭的生活圈到纷繁复杂的社会，他们其实没有来得及准备，就被自身与社会发展的需求裹挟进商业文明快速发展的进程中。年轻一代的牧人紧抓时代的机遇，生怕又如父辈一样，再度落后于时代的潮流。

很长一段时间，我用诗歌忧伤的部分暗喻种种正在远离我们的东西，我感到疲惫不堪时就没有了静下心来思考的能力。我想用诗歌唤醒抑或唤回种种，可能是有点儿勉强了。我直白地说这些，是想反思自己。因此，在我找到比诗歌更能表达这种焦虑与现实的介质之前，我悲悯的孤独只能依赖诗歌来疗伤，也只有有根的草原是我诗歌安身立命的一块沃土。

我追求真正意义上的自然、朴素、简单的抒写风格，源自祁连山腹地草原中我的族群吟唱的忧郁、悲壮牧歌。那些牧歌大多来自风烛残年的老翁，或白发苍苍的老妪，这些千百年来传唱的牧歌像自由的风吹入广袤的草地，又轻轻地穿过了骏马嘶鸣、牛羊成群的牧场，那是牧人心灵深处一次次苍凉的独白。其实，吟唱牧歌的牧人就是诗人，那种追寻自由和天马行空的禀性，那种深深眷恋与感恩天地的情怀，永远属于这些游牧天下、极目北方的草原歌者。

我喜欢朴素的、简单的语言表达，喜欢将意境用画面呈现在整篇诗作之中，我对这片土地的热爱，源自对美好事物的崇敬，并善待它们加持给我的欢喜、悲痛及孤独。我要表达的某种情怀是经过我精心挑选的词语，是一种心灵秩序的物化和体现。

我所契合的悲悯正是这片土地带给人们最真实的生命感受，这样的心理体验与精神结构，使得我的诗歌离不开这片养育我的土地。我多么希望我诗歌中忧伤过的、隐忍过的，抑或喜悦过的部分，都能成为这片土地上劳作的人们对生活的"代言词"。

于这本诗集而言，虽然它是一种个人情绪的文学表达，但我希望它更是一种族群情感的集体发酵，我愿我是他们心灵的表达者。

2024 年 9 月 9 日·祁连山下

后记